KB114726

오늘도 수고한

_____ 에게

이 책을 드립니다.

넝,
있는 그대로의
내가 너무 좋아

송금진 - 2018, Printed in Seoul, Korea.
First Published in Korea by The Angle Books Co., Ltd.

오늘도 수고했어, 온전히 나만을 위한 궁디팡팡

냥,
있는 그대로의
내가 너무 좋아

냥송이 글·그림

Angle Books

인생이란 그런 거야.
적당히 힘을 빼고 걷다 보면
생각지 못한 곳에서
행복을 만나게 되는…….

나답게 사는 즐거움을 잃어버린 당신에게

우리는 참 많은 것들을 '해야 하는' 세상에 살고 있습니다.
좀 더 멋져야 하고, 좀 더 똑똑해야 하고, 좀 더 날씬해야 하죠.
또 가끔은 남부럽지 않은 여행도 가줘야 합니다.
하지만 그렇게 매일을 지내다 보면
어느새 이렇게 사는 것이 맞나, 라는 생각이 들기도 하고
그저 '나답게' 있고 싶은 순간이 절실해지기도 하죠.

하지만 과연 나다운 게 뭘까요?
생각해본 적, 있으신가요?

우리는 늘 나답게 살기를 원하지만
남들의 눈치를 보느라 종종 있는 그대로 행동하길 꺼려해요.
다른 사람들의 기대를 채우려고 마음 숨기기를 반복하면서
점점 '자신'을 잃어가고, 그만큼 '자신감'도 없어지죠.
어쩌면 이미 '나'는 먼지처럼 작아져버려서
내 삶이 아닌 남의 삶을 살고 있는지도 몰라요.

언제나 뒤처질까 초조한 당신.
오늘만이라도 나만의 즐거움을 위해 먼저 움직여보세요.
남들 때문에 너무 급하게, 너무 열심히 달리다가
자신에게 주어진 행복을 놓치지 마세요.
행복은 때때로 스스로 움켜쥐지 않으면
바람처럼 순식간에 사라져버리니까요.

만약 당신이 오늘 하루도
바쁘고 외로운 하루를 보내셨다면
지금부터 잠시 시간을 내주세요.
이제부터 여섯 마리의 '고양이 참치원정대'가
당신의 지친 하루를 위로하는 깨알 귀여움과 함께
나답게, 최선을 다해 대충,
즐겁게 사는 법을 살짝 알려드릴 테니까요.

잠시 멈춰 서서 돌아보세요.
지금 나에게 가장 소중한 게 무엇인가요?

차례

PART 2

난 있는 그대로의 내가 좋아

PART 3
나는야 아무 걱정 없는 '냥아치'

우리들은 걱정 없는 '냥아치'

치즈

걱정 없는 '냥아치'들의 모임,
'참치원정대'의 행동대장이자
사고뭉치.

오레오

참치원정대의 엄마와 참모 역할.
잔소리와 뒤치다꺼리가 특기.

블루

분위기 메이커이자
춤과 노래를 좋아하는
만능 엔터테이너. 엉뚱함이 매력.

삼턱이

삼색 뚱보고양이. 참치원정대에서
먹성과 맛집 네비게이션을 담당.
덩치는 크지만 마음이 여리고 소심한 친구.

샤미

참치원정대의 얼굴 담당.
뭐든 잘하는 팔방미인으로
심지어 요리도 잘하는 사기 캐릭터.

송이

치즈의 쌍둥이. 친구들과 어울리는 걸
좋아하는 유쾌하고 즐거운 수다쟁이.
삼턱이의 베스트프렌드.

참 ～～～～～～～ 치

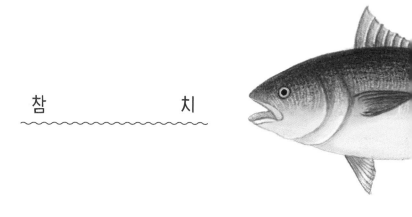

인생을 즐기는 방법은

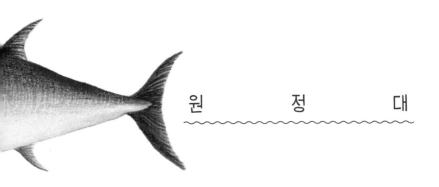

원 정 대

순간에 주어진 경험들을
나만의 속도로
완벽하게 즐기는 거야.

오늘 하루, 어떻게 보냈나요?
힘들었나요?
슬펐나요?
주위에 아무도 없는 것처럼 느껴졌나요?

괜찮아요, 대부분의 있으면 좋겠다는 건
사실 없어도 크게 문제되지 않으니까요.
행복은 고양이처럼
종종 기대하지 않은 순간에 찾아온답니다.

PART 1

행복을 이해한다면
넌 언제나 행복할 수 있어

가끔은 온전히 나만을 위한
「궁디팡팡」이 필요해

어휴 양말 한쪽은 맨날 사라져!!

퇴근하고 돌아오면 만나는
산더미 같은 집안일

아무것도 안 하고 있지만
격렬히 더 아무 것도 안 하고 싶다...

밤이 깊어지면 내일 출근 생각에
살짝 우울해지기도 해.

그럴 땐 가끔

궁

디

온전히 나를 위한
궁디팡팡이 필요해.

팡

팡

재미있는 만화책을 보거나

좋아하는 요리를 하면서
스트레스를 풀어봐.

반신욕에는 역시 허브

가끔은
찌뿌둥한 몸이 쫘악~ 풀리는
반신욕도 좋아.

돌아오는 주말 계획을
멋지게 세워보는 것도 추천해.

인생은 즐기는 자의 몫이라는 걸
우리는 종종 잊곤 해.
하지만

넌 절대 잊지 마!

#2

넌 지금
「걱정을 걱정하는 것」뿐이야

쟤네들이랑 같이 놀지마.

그거 알아? 우리는 사실
하지 않아도 될 것들을
미리 걱정하곤 해.

오늘 넌 또 얼마나 많은 걱정을 했을까?

근심   걱정

Perfect Beauty

완벽한 화장   날씬하지만   볼륨감 있게

주변시선 때문에
너무 완벽해지려고 애쓰지 마.

원하는 것이 있다면 당당하게 표현해봐.

화가 날 때는
화를 내도 괜찮아.

가끔은 일탈도 괜찮아.

위로받고 울고 싶을 때는
누군가에게 기대도 괜찮아.

너무 참지 않아도 돼.
너무 애쓰지 않아도 돼.

괜찮아.
넌 충분히 잘 했어.

그것만으로도
너의 몸과 마음은 마법처럼 편안해질 거야.

검은 마음 정화~뾰로롱

3

뭐든 상관없어,
네 삶의 규칙은 네가 만드는 거야

생각은 다양해.
각각의 가치관과 성향, 신념은 모두 다 달라.

거기에 옳고 그름은 없어.

양파망은
머리에 쓰는 게 아냐!

봉지는 머리에
쓰고 노는 게 아니야!

그렇지만 세상은
답안지를 보여주면서

항상 '**모범 답**'을 따르라고 강요하지.

왜 다들 열심히 살라고만 이야기할까?

우리는 게을러도
충분히 우아하고 즐겁게 살 수 있다고.

멍때리기

느긋이 그루밍

엎드려 자기

뒹굴뒹굴

엉덩이 씰룩

꿀잠

세상은 단계별로
끊임없이 숙제를 던지고

움직일 수가 없어. 갑갑해

우리는 사회가 정해놓은 틀에 스스로를 가두고
자신이 원하는 삶 같은 건 존중하지 않아.

내 삶의 주인공은 나야.

근데 왜 남이 만들어놓은 법칙에 따라
살아가야 해?

자신에게 상냥해져봐.
그러면 넌 강해질 거야.
네가 강해진다면
넌 자신에게 더 상냥해질 거야.

그러면 넌
세상에 흔들리지 않는 자신을
만나게 될거야.

#4

인생이란 매일 밤,
내일은 좀 더 나은 하루가 되길 바라는 것

월요일 아침,
이불 속은 디저트보다 달콤하고

유독 월요일 회사일은
피똥을 쌀 만큼 힘들어.

흐아아아악!!

내가 아직 자리를 뜨지 않았는데
정시 퇴근을 하겠다고?

자.. 침묵

그뿐만이 아니야.
깐깐한 상사의 눈치도 봐야 하고

앗차! 실수라도 하게 되면
동료들에게 원망을 듣기도 해.

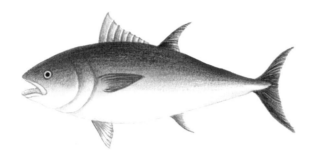

원하는 것을 얻기 위한 경쟁은
언제나 우리를 지치게 하지.

잘먹겠습니다~

그럼에도 힘을 낼 수 있는 건
바로 월급!

월급 왔쪄!

5

휴식은 내가 지쳤다는 걸
아는 것에서 시작해

여기가 명당자리인가요?　　　　뜨뜻~

석쇠에서 노릇하게 구워지는 오징어처럼
뜨끈한 장판 위에 누워
그저 가만히 몸을 맡기고 싶을 때가 있을 거야.

달달한 것들이 간절해지고

오! 악마의 초코잼

갑자기 식욕이 폭발하거나

복숭아 킬러 소환

몇개째야..

초코자리   라떼자리

혼자만의 시간과 공간이
절실히 필요할 때

쉬고 싶다...

삼턱
나도ㅠㅠ

송이
나도..

샤미

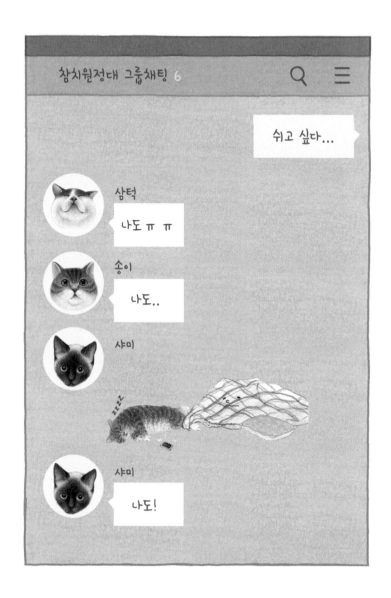

샤미
나도!

그때 우린 알아차려야 해,
자신이 지쳤다는 걸.

#6

나는 소중하니까, 「고양이 스트레칭」

하나. 엉덩이를 뒤로 빼고
양팔을 앞으로 내밀며 쭉쭉

둘. 몸을 둥글게 말고
배를 쏘옥 넣으며 등 뒤를 쭉쭉

셋. 힘을 빼고
양팔을 번갈아가며
흔들흔들

넷. 편히 앉아 다리를 양옆으로
흔들흔들

다섯. 엎드려서 양 손발을
위로 들며 쭉쭉

여섯. 마지막 눈을 감고 고요히
고양이 명상

우리는 행복만을 기억하지

우리는 자신에게 좋은 것을 결코 놓치지 않아.
알려주기 전에 즐거움을 위해 먼저 움직이지.
우리는 삶을 서두르지도 않아.
밥을 먹고 몸단장을 하다가 갑자기 늘어지게 자기도 하고
이것저것 가지고 놀다가 지겨워지면
주위를 어슬렁어슬렁 돌아다니기도 해.
볕이 따뜻하면 자리를 잡고 누워 지그시 눈을 감고
햇살의 온도를 느끼기도 하지.

이런 우리의 삶은 누군가의 강요를 받지도
누군가를 의식하지도 않은 아주 자연스러운 거야.
필요 이상으로 무리하지 않고
우리만의 룰 안에서 최선을 다해 대충 살아가고
게으르지만 나답게 살아가는 우아함 또한 잃지 않지.

우리들은 감정 표현에도 서투르지 않아.
원하는 걸 표현하고 행동하지.
귀찮으면 집사의 손길을 피하고
배가 고프면 영특하게도 애교를 피우기도 하며
외로울 땐 놀아달라고 조르기도 해.
좋으면 좋다고, 싫으면 싫다고 표현하는 것이
우리만의 애정을 표현하는 최고의 방법이야.

또 우리는 실패를 두려워하지 않아.
장애물을 뛰어넘다가 걸리거나, 점프를 하다가
발을 헛디뎌 넘어져도 태연하게 다시 일어나
아무렇지 않은 듯 걸어가지.
맞아! 그런 건 전혀 문제되지 않아.
왜냐면 우린 행복한 것들만
기억하니까.

'난 평범해'라며 실망하고 있나요?
당신은 당신만의 평범함이 있어요.
이 세상엔 각각의 수많은 '평범함'이 존재하죠.
그러니 '나만의 평범함'을 존중하고 사랑해주세요.

이것이 바로
내 삶의 주인공이 될 수 있는 비결이랍니다.

PART 2

난 있는 그대로의
내가 좋아

7

날마다 살이 쪄도
지금이 내 삶의 전성기

맛있게 먹으면 0칼로리

세상엔 이렇게 맛있는 음식이 많은데

늘 식단조절,
칼로리를 신경 쓰는 너

이건 저염식이니까...

체중계에 올라갈 때마다
좌절하고

먹을 때마다 스트레스 받는 너

겨우 요만큼..(시무룩)

하지만!

뚠뚠한 고양이도
날씬한 고양이도
엉뚱한 고양이도
얼큰한 고양이도

모두가 예쁘다는 건 다들 아는 진리.

너는 있는 그대로가 제일 예뻐.

싫어! 라고 말한다고 큰일이 일어나진 않아

난 가지가 싫다구!! 흐앙..

혹시 싫어하는 걸 싫다고 말하지 못하고
무작정 도망치고 있진 않아?

맞서고
부딪히기보다
그저 피하고만 싶고

으.. 지지
똥이 무서워서 피하나,
더러워서 피하지.

혹시 단호히 거절하고 싶어도
용기가 나지 않아
상대방에게 끌려가고 있어?

싫을 땐 단호히 "싫어!"라고
거절할 용기가 필요해.

한번 생각해봐.
"내가 왜 이런 거에
신경을 쓰고 있는 걸까?"를.

자신의 감정에 솔직해졌다고
큰일이 나진 않아.

저리가!

자, 지금부터 나처럼

틀린 건 틀렸다고 말해봐.

싫은 건 싫다고 말해봐.

마음에 안 들면 솔직하게
네 맘을 표현해도 괜찮아.

집사 애간장에는
쇼파 스크래치!

상대방에게 존중받고 싶다면
너 먼저 스스로를 존중해줘야 해.

저 하늘 수많은 별들 중
단 하나의 별처럼
넌 소중한 존재니까.

#9

불안해하지 말고 나답게

저리가...

그건 쉽지않아!

맞아! 어려운 길이야.
너에게는 무리일걸?

사람들의 안 좋은 시선과 비난에
상처받아 마음의 문을 닫고
스스로 좌절하거나 포기하지 마.
나를 숨기고 아파하지도 마.

무서워...

그들은 너의 진가를 잘 몰라.
너에 대해 떠드는 가벼운 말에
스스로를 드러내는 것이 두려워 숨지마.
용기 내어 묵묵히 너의 길을 가면 돼.

너다움이야 말로 가장 아름다운 것.
너만의 색으로 꿈과 목표가 빛날 수 있도록
우리가 응원할게.

10

무지개다리에서 온 편지

난 이곳에서 아주 잘 지내.
그러니 걱정 말고 슬퍼하지 마.

여기서 항상
너의 행복을 빌게.

무지개 나라로 간
고양이 루이가 전하는 말

나는 네가 여유를 갖고 주위를 둘러보는 시간을 가지길 바라.
우리들과 조금 더 많이 놀아주렴.
비가 올 때는 창문을 열고 비의 향기를 맡아봐.
글리와 쿠마의 부드러운 털을 쓰다듬으며
그 자체로써 즐거움을 만끽해.
너의 건강을 위해서도 꼭 필요한 것 같아.
그리고 다시 이야기 하지만, 나는 정말 잘 지내고 있어.
괜찮으니 걱정하지 마.

우리가 함께 했던 세상을 그리워하긴 하지만 지금도 아주 행복해.

그리고 우린 여기에서도 계속 서로 사랑할 거야.

나의 죽음에 대해서 너무 많이 생각하고 슬퍼하지 말았으면 해.

우리는 모두 죽어. 크게 놀라운 사실은 아니잖아?

하지만 적어도 살아 있는 동안은 네가 정말 즐겁게 살았으면 좋겠어.

11

지금 있는 것만으로도
행복해질 수 있는 비결

힝..

살이 찌니
조끼가 점점 작아져.

꾸역꾸역

잠자리도 좁아.

하지만
그래도 행복해.

아이 좋아~

크던 작던
내가 편하면 그곳이 천국이니까.

우리가 가까워지질 때까지
조금만 기다려줘

경계가 심한 우리는 교감하기 조금 어려울 수도 있어.
하지만 널 싫어하거나 피하려는 건 아니야.
우리를 잘 모르는 사람들은 때로 우리가 공격적이고 쌀쌀맞고
애정표현이 부족하다고 생각할 수도 있어.
하지만 우린 단지 서로에 대해 천천히 알아가길 바랄 뿐이야.

억지로 친해지려고 가까이 다가오거나 만지려 하면
오히려 더 경계하게 될 수도 있어.
우리에게 눈을 서서히 감았다가 뜨는 눈인사는
서로에게 애정을 표현하는 방식이야.
네가 눈을 천천히 깜빡이면서 마음을 표현해준다면
우린 너에 대한 경계심이 많이 사라질 거야.

호기심이 많고 후각이 발달한 우리는
그 냄새를 맡으며 새로운 것에 서서히,
그리고 천천히 적응하곤 해.
그러니 우리가 네 냄새와 존재에 익숙해질 수 있도록
조금만 기다려 줘.
그러면 내가 네 곁으로 조금씩 다가갈게.
손이 닿는 거리로 들어가면
그땐 내가 좋아할 만한 곳을 쓰다듬어줘.

특별히 너에겐 골골송도 들려줄 수 있어 :)
서로의 진심이 통한다면
우린 좋은 친구가 될 수 있을 거야.

잃어버린 걸 세지 마세요.
당신에게 남아 있는 걸 헤아려보세요.
왠지 오늘은 멋진 일이 생길 듯한 예감이 들지 않나요?

기적은 매일 일어나죠.
그런데 사람들은 그걸 믿지 않아요.
하지만 이건 사실이랍니다.

Part 3

나는야 아무 걱정 없는
'냥아치'

12

믿기 어렵겠지만
기적은 사실 매일 일어나고 있어

그때는 미안했어..

누군가와 화해하고 싶은데
아직도 머뭇거리고 있다면
네가 먼저 용기를 내봐.

누군가를 진심으로 칭찬해본 적이 없다면

지금이라도 칭찬의 말을 건네 봐.
칭찬은 고래도 춤추게 할 수 있다잖아.

방어력 +2 ↑
사교성 -3 ↓

갑옷으로 마음을 꽁꽁 싸고
남을 대하기보다
열린 마음으로 먼저 다가가 봐.

"사랑해요."
"고마워요."
"미안해요."

쉽게 입이 떨어지지 않는 말들.

나 챙기느라 고생 많았지? 고마워.

꾹 꾹

하지만 용기를 내서 "사랑해요"라고 말해봐.

분명 멋진 일이 생길 거야.
좀 더 행복해질 거야.

사랑해요 -

인생은
네가 생각하는 것보다
더 놀라운 일들로 가득 차 있어.

13

누가 뭐래도
이건 내 「개성」이야!

우리는 모두
누구와도 바꿀 수 없는
개성을 가지고 있어.

콧수염1

콧수염2

오서방 점

브릿지

아이라인

쓰리턱

내 치명적인 매력을 뽐내 볼까? (바악짝)

누구보다 멋진 너.

누가 뭐라 하든 신경 쓰지 마.
남들과 같아지려 할 필요도 없지.

너만의 개성을 가꿔봐.

너만의 매력을 찾아봐.

스스로를 사랑할 줄 아는 너는
누구보다 사랑스러워.

거울 앞에서 활짝 웃어봐.
멋진 너의 웃는 얼굴.

나는 내가 나라서 너무 좋아!

적 당 한 게 으 름 은

인 생 을 멋 지 게 만 들 어 주 지

빡빡한 일정,
쌓여 있는 숙제들.

그런 것들에서 벗어나고 싶어?

뒹굴뒹굴.
힘을 빼고 좀 게을러도 괜찮아.

놀고 싶은 마음
쉬고 싶은 마음
그것만큼
인생을 멋지게 만드는 것도 없지.

내 속도로 사는 건
꿈꾸는 것보다 더 중요해.

오빠차 뽑았다 ◆

바쁜 일상에서 잠시 벗어나

혼자서 즐기는
드라이브는 어때?

남들 눈치 따윈 보지 말고

내맘대로 추는 댄스 4종

신들린 댄스 (차카차카)

리드미컬 하면서도

신나게 춤도 춰봐.

음악에 맞춰 (차카차카)

격정적으로

"아직 그럴 때가 아니야" 같은 말은 이제 그만!

삶을 즐겁게 만드는
너의 심심한 게으름을 '살짝쿵' 응원할게.

15

네가 있어야 해
네가 보고 싶으니까

그거 알아?

사실 난
장난감이나
맛있는 간식보다

네 애정이 필요해.

난 항상 너를 생각해

이른 아침,
문 앞에서 초췌한 얼굴로 집을 나서는 너를
배웅하는 시간이 난 제일 아쉬워.

하지만 꼭 외로운 것만은 아니야.
볕이 드는 명당자리를 찾아
따뜻한 햇볕 아래 늘어지게 누워 있는 것도 꽤 좋거든.
때때로 너의 냄새와 흔적을 탐색하는 것도 즐거워.
난 오후 한낮 네가 없는 시간과 공기에 이젠 제법 익숙해졌어.

그렇지만 나를 너무 오래 혼자 두지는 말아줘.
혼자 있는 걸 즐기는 나지만 항상 너를 생각하고 있으니까.
나의 하루 중 가장 큰 행복은
문 앞에서 널 맞이하는 시간이야.

가끔 외롭고 쓸쓸해도 내 머리를 만져주는 네 따뜻한 손과
시시콜콜한 하루 일과를 나에게 늘어놓는 네 목소리,
내게 내어주는 네 무릎도·나에겐 너무 소중한 부분이야.

항상 너를 기다리는 내가 있다는 걸 기억해줘.
언제든 너의 얘기를 들어줄 내가 있다는 걸 기억해줘.

16

가장 소중한 건
곁에 있는 것들이야

함께 마음을 나눌 친구가 있다는 것

역시 내 침대가 최고다옹.

카스텔라처럼 작고 푹신한
침대가 있다는 것

나를
따뜻하게 맞아주는
가족이 있다는 것

이 모든 것이
바로 행복

홍차향이 좋구만~
여기가 극락이야.

그 무엇과도 바꿀 수 없는
가장 소중한 것들은
바로 네 곁에 있는 거야.

17

일요일 오후에
마시기 딱 좋은 밀크티

Break Time

~ 준비물 ~

홍차 티백 2~3개

컵, 물 60ml, 우유 120ml

취향에 따라 설탕, 연유, 꿀 약간

1. 먼저 끓인 물에 티백을 넣고 5분 정도 우려내.
   (컵에 코스터를 덮어주면 아주 좋아.)
2. 그 다음 냄비에 우유를 붓고, 홍차 우린 물을 넣어 약한
   불로 끓여주는 거야.
3. 우유가 보글보글 끓으면 불을 끄고, 입맛에 맞게 꿀이나
   설탕, 연유를 넣어주면 돼!

그럼, 완성이다옹.

이럴 땐 생각해봐

나는 가끔 한적한 공원으로 산책을 나와 사뿐사뿐 걸으며
푹신한 잔디밭 따뜻한 햇살 아래서 노릇노릇 졸곤 해.
하지만 그곳엔 더 이상 여유로운 휘파람 소리도
아이의 웃음소리도 들려오지 않아.

　　　나는 들판으로 폴짝폴짝 뛰거나
　　　잠이 오면 뒷마루에 눕기도 하고
　　　심심하면 참새 떼를 덮치기도 해.
　　　하지만 거리의 사람들은 무표정한 얼굴로
　　　마치 한 곳을 향하는 듯 발걸음을 재촉하지.

　　　해질녘부터 쭉 지켜봐왔지만
　　　아직 저곳에는 불이 켜지지 않았어.
　　　아침부터 저녁까지 대화소리, 웃음소리 하나 없이
　　　조용하고 고독한 하루가 흘러가.

어둑하고 쓸쓸한 주택가를 돌아 거리로 나오면
늦은 밤에도 건물 여기저기가 불빛들로 반짝거려.
숨어 있던 빛들이 한꺼번에 쏟아져나오고
꿈을 꾸는 고요한 시간에도 사람들은
지친 얼굴로 종종거리며 집으로 돌아가지.

내 잠자리는 달빛을 받아 빛나겠지만
내 게으른 손도 지금을 누리기에 충분히 행복하지만
고단한 너의 어깨는 늘 바쁘고
늘 생기 없이 쳐져 있어.

'지친 것 같아. 이젠 어디로 가야 할지 모르겠어.'
집에 돌아가는 길, 문득 이런 생각이 든다면
잠시 발을 멈추고 마음을 보듬어줘.
그 누구도 닿을 수 없는 곳, 하지만 너만은 할 수 있는 일이야.
가끔은 게으른 고양이처럼 아무것도 하지 말고
나만을 생각해도 되잖아.
너도 나처럼 행복하면 좋겠어.

미워할 필요도
후회할 필요도 없어요.
그리고 계속 '좋은 아이'로 남기 위해
더 이상 애쓸 필요도 없죠.
누군가를 위해 더 이상 애쓰지 않아도
당신은 충분히 행복할 자격이 있으니까요.

소중한 것이 있나요?
무엇이 나를 기쁘게 하나요?
나답게 사는 것이 가장 행복한 거란 걸 잊지 마세요.

PART 4

힘껏, 대충, 우아하고
게으른 삶도 괜찮아

18

「모험」이란 건
시작이 어려워 보일 뿐이야

모험은 설레는 만큼
두려운 일

하지만
새로운 세상에 적응하고
새 친구들을 사귀는 건 쉽지 않아.

때로는 예상치 못한 일들에
놀라고 당황하기도 하지.

BOOM!

혹은
한눈을 팔다가
길을 잃거나

갑자기 내리는 비를 피하지 못해
우울할 정도로 몽땅 젖기도 해.

그치만 모험은 우리에게
쉽게 가질 수 없는 것들을
주곤 하지.

보다 단단한
나 자신을 만들어가는 기쁨도

딸기만 올리면
완성이야. (뿌듯)

너와
사랑을 주고받는
기쁨도 말이야.

19

잊지마! 맛있는 음식 속에도
행복이 숨어 있다는 걸

오늘은 뭘 먹고 싶어?
영양 만점 도시락?

갓 잡은 싱싱한 회, 톡 쏘는 고추냉이,
고슬고슬한 밥이 예술인
초밥은 어때?

아니면
허할 때 생각나는
뜨끈한 삼계탕?

시원~하다!

한 입 물었을 때
팥앙금이 쏟아져 나오는
붕어빵 같은 건 어때?

봄, 여름, 가을, 겨울
매해마다 나오는

싱싱하고 상큼한 제철과일도 좋지!

따끈하고
노릇하게 구운 고등어구이와

기름이 좔좔 흐르는
삼겹살과 김치도 강추야.

삼겹살에 소주 콜?

오늘도 즐거운 삼시 세 끼!

맛있는 음식으로
하루를 한 뼘 더
행복하게 만들어봐.

참치 샐러드 만들기

누구에게나
혼자만의 시간은 필요해

머릿속이 시끄럽고 복잡할 땐
나만의 공간과 시간이 필요해.

그 시간은

온전히 나만을 돌보는 시간.

마음의 소리에 귀를 기울이는 시간.

주변의 소소한 행복들을 발견하는 시간.

너는 충분히
그럴 자격이 있어

손!

너에겐
호의를 누릴 자격도
그걸 거절할 자격도 있어.

내가 생각해도 난
용감한 것 같아!

오!

친구들 앞에서
너의 주장을 당당히
표현할 자격도 있지!

너는 너 자체만으로
존중받고
사랑받을 자격이 있어.

22

오늘도
수고 했어요

인생은
오름과 미끄러짐의 연속

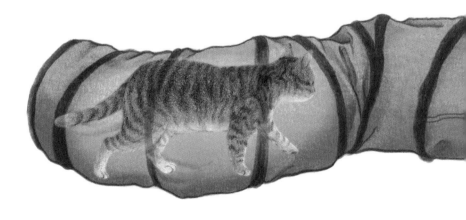

기나긴 터널과도 같지만

그래도 여기까지 오느라

수고 했어.

행복은 생각보다
더 가까운 곳에서
너를 기다리고 있을지 몰라.

당신을 위한
고양이의 다섯 가지 위로

🐾 고양이 손

보들보들한 털 속에 숨어 있는 말랑말랑 한 우리의 젤리를 만지면 그 폭신한 매력에서 헤어나올 수 없을 걸? 자, 잠깐 만질 수 있도록 허락해줄게. 손끝으로 가볍게 우리의 젤리를 만지다 보면 금방 마음이 차분해질 거야.

🐾 고양이 털

우리는 체온이 높아서 부드러운 털을 쓰다듬을 때마다 네 손끝으로 그 따스함이 전해질거야. 우리의 비단 털 뭉치들은 마음을 평화롭게 만들지. 아마 심한 불면증과 외로움도 내 따뜻한 온기로 금방 치유할 수 있을 거야.

good!

not bad.

No!

very good!!

not so good.

kill you!!

nope!!!

 고양이 골골송

골골송으로 너와 행복을 같이 공유하고 싶어. 우리와 지내다 보면 금세*익숙해져서 평범하게 들릴지도 모르지만, 이 골골송은 너도 행복할 수 있단 걸 알려주는 노래야. 사실 규칙적이고 리드미컬한 우리의 골골송은 ASMR로도 손색이 없다고!

고양이 눈

우리와 눈으로 교감하고 있으면 여러 감정을 느끼지 않아? 우린 항상 네게 이야기하고 있어. 넌 더 이상 혼자가 아냐. 넌 외롭지 않아, 라고.

고양이 몸짓

차가운 마음을 녹일 만큼 강력한 꾹꾹이를 하는 것도, 슬그머니 다가와 박치기를 하는 것도, 네게 작은 동물이나 장난감을 물어오는 것도 모두 너에 대한 깊은 애정의 표현이야. 그건 네가 사랑하는 가족으로 선택받았다는 증거야. 네가 힘들 때 우린 휴식처가 되어줄 거야. 친구가 되어줄 거야. 네가 더 많은 행복을 마음속 깊이 누렸으면 하니까.

토닥토닥
「행복의 솜방망이」를
빌려드립니다

집사로 시작해 '냥덕후'가 된지도 벌써 10년이 흘렀습니다.

반려묘와의 동거는 사람간의 관계에서는 느낄 수 없는
묘하고 재미있는 교감이 존재합니다.

고양이는 늘 본인의 일상에 집중할 것 같지만
그들도 사람의 마음을 읽으며 공감을 하고 교감할 줄 알죠.
목소리와 표정, 걸음걸이, 몸짓으로도
당신이 누구인지, 지금 어떤 기분인지를 바로 알아맞히거든요.

고양이들은 늘 제가 필요로 할 때마다
그곳에 있어 주었습니다.

존재 자체만으로도 위로가 되어주는 친구들.
고양이들은 시간이 흐를수록
일상의 소소한 행복을 나눌 수 있는
더욱 소중한 존재가 되어갔습니다.

집사로서 고양이와 함께 느꼈던 행복만큼
이 책이 여러분에게도
'행복의 솜방망이'가 되었으면 좋겠습니다.

우리 같이 행복해지기로 해요.

이 책을 읽으신 모든 독자분들

만수무강 백년해로 하세요.

냥, 있는 그대로의 내가 너무 좋아

초판 1쇄 발행 2018년 6월 29일
초판 3쇄 발행 2021년 12월 29일

지은이 송금진
발행인 강선영 · 조민정
마케터 이주리 · 강소연
펴낸곳 (주)앵글북스
표지&본문 강수진

주소 서울시 종로구 사직로8길 34 경희궁의 아침 3단지 오피스텔 407호
문의전화 02- 6261- 2015 **팩스** 02- 6367- 2020
메일 contact.anglebooks@gmail.com
ISBN 979-11-87512-00-0 00000

이 책은 저작권법에 의해 보호를 받는 저작물이므로 무단 전재와 복제를 금하며 책 내용의 전부 또는
일부를 사용하려면 반드시 저작권자와 (주)앵글북스의 서면 동의를 받아야 합니다.
잘못된 책은 구입처에서 바꿔드립니다.